QUE

ADU

RIDOS

LTOS

Editora InVerso
© 2024. Editora InVerso

R. Doutor Goulin, 1523 Alto da Glória
CEP 80040-280 Curitiba-PR
(41) 3254-1616 e (41) 3558-8001
editorainverso@editorainverso.com.br
www.editorainverso.com.br
Facebook.com/editorainverso
Instagram @editorainverso

COORDENAÇÃO EDITORIAL / EDITORA
Cristina Jones

REVISÃO
Carlos W. Jorge

ILUSTRAÇÃO
Ezekiel Moura

CAPA, PROJETO GRÁFICO E DIREÇÃO DE ARTE
Adriane Baldini

DADOS INTERNACIONAIS DE CATALOGAÇÃO NA PUBLICAÇÃO (CIP)
MONA YOUSSEF HAMMOUD – CRB/9ª.1393

Q3q
QUEIROZ, Thiago. **Queridos adultos.**
Ezekiel Moura [Il.]. Curitiba.: Ed. InVerso, 2024 **2. ED**
62 p. 15 x 18 cm PTBR
ISBN: 978-85-5540-305-7

---

1. Ensaio. 2. Socioemocional. 3. Relacionamento parental.
4. Infância 5. Sentimentos. 6. Empatia. 7. Cartas. I. Título

CDD: 330.09

LITERATURA INFANTIL: 028.5
EMPATIA: 709.04

Para Anne, Dante, Gael, Cora e Maya,
por fazerem a vida valer a pena.

Para Hugo e Evelyn, por acreditarem tanto
no meu trabalho e caminharem comigo.

PREFÁCIO

Nós passamos a maior parte do tempo decidindo pelas crianças, dizendo o que elas podem ou não podem fazer. Levamo-las para cá e para lá. Exigimos que façam tudo de acordo com o nosso tempo, do nosso jeito.

E não ouvimos as crianças. Nunca.

Dizemos às crianças o que elas devem ser. O que elas devem dizer. Ouvi-las? Jamais. Afinal, são crianças, o que elas teriam a nos dizer?

Se você pensa dessa forma, seja muito ou só um pouquinho, eu tenho um convite para você. Convite esse que parece bem óbvio: **vamos ouvir as crianças?**

E se mudássemos de papel, tentássemos lembrar das nossas próprias infâncias, do que nos foi dito, ordenado, silenciado, e perceber como isso nos afeta até hoje?

E se as crianças pudessem escrever cartinhas aos **Queridos Adultos,** dizendo o que é importante para elas, para além dos bens materiais?

Venha comigo nesse mergulho profundo, por vezes dolorido, mas extremamente necessário.

O autor.

OBSERVAR.
OBSERVAR.
OBSERVAR.

OLHE NOS MEUS OLHOS

Quando você vier falar comigo, olhe nos meus olhos. Eu costumo entender bem melhor o que você vai falar pra mim se você estiver olhando nos meus olhos. Se você puder se abaixar e falar comigo à minha altura, ficaria ainda mais feliz e seguro, porque adultos podem ser grandes e assustadores quando falam olhando pra baixo. Lembre-se de se conectar comigo, de perguntar o que estou fazendo, demonstrar que se importa comigo e com minhas atividades. Aproxime-se gentilmente para falar comigo, e eu prometo que tentarei ouvir melhor o que você tem a dizer.

2

O mundo é cruel, eu sei

Eu sei que o mundo é muito perigoso e cruel. Sei também que às vezes você pensa que a melhor forma de me preparar para esse mundo é fazendo com que a minha infância seja dura; mas esse não é o melhor caminho. Eu sou criança, preciso de amparo. Preciso de segurança. Por mais que o mundo inteiro seja um lugar ameaçador e assustador, que o seu colo seja pelo menos o único porto seguro que eu tenho para que eu possa descansar no seu amor. Por que eu deveria sobreviver à minha infância, se eu posso florescer nela?

OLHE O MUNDO COM OS MEUS OLHOS

Eu vejo o mundo de uma forma diferente dos adultos, sabia? Às vezes, uma caixa de papelão pode ser uma nave espacial, ou então uma baguncinha na minha cama pode ser uma grande festa na terra dos robôs. Tenha curiosidade para tentar enxergar o mundo do mesmo lugar que eu. Nem sempre o que eu fizer pode fazer sentido para seus olhos de adulto, mas se você fizer uma forcinha, vai ver como o meu mundo é tão mais colorido! E mesmo que você tenha dificuldade de enxergar o meu mundo, tudo bem, é só você me perguntar, que eu vou adorar explicar!

4

DESACELERE, NEM QUE SEJA POR MIM

Eu vejo você correndo pra lá e pra cá, fazendo mil coisas ao mesmo tempo. Fico assustado às vezes, e me sinto arrastado também. Às vezes sinto que eu só atraso você e atrapalho a sua vida, porque sempre ouço: “vamos logo”, “pare de enrolar”, “mais rápido”. Meu tempo é diferente, e se eu demoro, não é por mal. Eu vejo o mundo de um jeito diferente do seu, e às vezes algo pega a minha atenção, algo que pode ser bobo pra você. Se você transformar as coisas chatas em coisas divertidas e engraçadas, tudo pode ser mais leve.

OLHE PARA OS MEUS OMBROS

Olhe para os meus ombros, veja como eles são pequenos. Você pode pensar: "claro que são pequenos, você é apenas uma criança". E tem razão. Mas olhe com mais atenção para esses ombros: eles são pequenos demais para carregar o peso das suas cargas. Deixe que esses ombrinhos carreguem as minhas próprias cargas, que já são muitas. Eu sei que talvez você tenha expectativas para mim e até frustrações por eu não ser como você me imaginou. Talvez você esperasse que eu devesse te fazer feliz, mas você não se sente tão feliz assim. Deve mesmo ser difícil pra você, mas tente cuidar dessas suas cargas, ou peça ajuda — só não as coloque sobre meus pequenos ombros. Eu já faço um trabalho imenso para crescer e descobrir quem sou eu; então, por favor, não jogue sobre mim essa responsabilidade.

SENTIR.
SENTIR.
SENTIR.

6

MOSTRE PRA MIM VOCÊ DE VERDADE

Você pode achar que o melhor pra mim é nunca ver você errando, nem sendo incoerente, mas isso me atrapalha mais do que ajuda. Sabe por quê? Porque eu vou criando uma imagem de que você é perfeito, e quando eu crescer vai ser muito dolorido quebrar essa imagem para encontrar quem você é de verdade. E enquanto isso não acontece, passarei maus bocados tentando viver à altura dessa imagem perfeita e idealizada. Seja mais você, mostre suas dúvidas e seus erros. Faça reparações, não encenações. Eu aprendo muito melhor com o modelo, e se o modelo for real, melhor ainda.

7

ACEITE MEU CONVITE

Todos os dias eu farei convites para você. A maioria deles, você nem deve perceber, porque está ocupado demais com coisas importantes, de adultos. Eu sei que o mundo dos adultos é cheio de coisas urgentes e muito importantes. Mas eu farei convites para aproveitar os pequenos momentos do dia comigo. Para curtir os detalhes, as pequenas coisas. O formato de uma folha caída no chão. O barulho engraçado que uma cadeira faz. Então, por favor, tente aceitar esses convites, nem que seja de vez em quando. Se eu estiver fazendo careta durante o café da manhã, pode ser um convite para uma grande batalha de caretas, em que vamos rir à beça e nos sentir bem. Se eu chamar você pra ver uma coisa incrível no quintal, venha ser curioso junto comigo para conhecer o mundo de um jeito diferente.

8

OUÇA MAIS O QUE TEM DENTRO DE VOCÊ

Eu vejo muitas pessoas dizendo pra você o que fazer comigo. Minha tia, meus avós, seus amigos, e mais um monte de gente. São tantas vozes na sua cabeça dizendo que você está me estragando, que eu entendo que você não consiga ouvir a voz mais importante, a do seu coração. Mas, por favor, ouça mais essa voz. Preste atenção nela. As outras vozes não me conhecem nem conhecem você, e só servem pra fazer você sentir dúvida e culpa. A sua voz do coração só quer fazer o que é melhor pra você e pra mim. Se ela diz que você deve me dar colo, que deve acolher o meu choro, que deve me abraçar, pode confiar que são exatamente essas as coisas de que eu preciso.

ENXERGUE-ME PELO QUE EU REALMENTE SOU

Eu sou eu. Uma criança. Não sou uma folha de papel em branco, muito menos um miniadulto ou um adulto em construção. Tampouco sou um potencial, uma aposta. As pessoas adultas adoram fazer planos e pensar no futuro, no que acontecerá. Adultos adoram me perguntar: "quem você vai ser quando crescer?". Mas eu não "vou ser". Eu sou. Sou apenas eu, e sou uma criança. Tente respeitar quem eu sou e me ajude a construir minha visão de mundo com base no que eu aprendo, mas também no que posso ensinar a você. O adulto em quem eu vou me tornar depende da criança que sou hoje, do que eu vivo hoje, com você.

10

OUÇA O MEU CHORO

A cada dia que passa você me conhece um pouco mais, e eu conheço você também. E, enquanto vamos nos conhecendo, eu queria pedir que você levasse as minhas lágrimas a sério. Eu choro porque é como consigo pedir ajuda para lidar com os meus sentimentos. Eu preciso de você para regular minhas emoções junto comigo. Não preciso me sentir ainda pior por estar chorando, então não diga que meu choro é por nada. Eu não choro para manipular, mas porque minhas emoções transbordam.

ABRAÇAR.
ABRAÇAR.
ABRAÇAR.

NÃO ME APRESSE

Meu tempo de criança é bem curto. Por favor, não me apresse. Eu quero aproveitar todos esses momentos sendo criança e fazendo coisas de criança; então não me *adultize*. Eu quero brincar, aprender e crescer. Quero aproveitar a minha infância. Vista-me como criança, me preserve e me proteja. E lembre-se de que crianças não namoram, nem de brincadeira.

12

VOCÊ NÃO PODE MUDAR O PASSADO

Eu adoro os desenhos que têm viagem no tempo, porque os personagens sempre podem viajar para o passado e consertar aquilo que está errado. Pena que fora dos desenhos não dá pra fazer isso. Eu vejo que você às vezes pega muito pesado com você mesmo por conta daquilo que fez ou deixou de fazer. Ou aquilo que fizeram ou deixaram de fazer com você. É difícil, mas não dá pra mudar o passado. Tente olhar para hoje e para a frente, tente olhar pra mim e para o que você pode fazer comigo hoje e amanhã, mesmo que seja um pedido de desculpas por algo que você fez comigo ontem, porque reparar os seus erros é uma das melhores lições que eu poderei aprender com você.

13 PENSE NAS DISTRAÇÕES

Eu sei que a vida dos adultos é difícil, às vezes chata e cheia de problemas. E que vocês precisam relaxar olhando outras coisas, como o seu celular. Sei que adultos precisam trabalhar usando o celular, também, e que isso é muito importante. Mas tenho dificuldade de entender isso; assim, tenha paciência comigo. E, por favor, não deixe que o celular esteja sempre entre mim e você. Eu também aprendo por exemplo, e provavelmente, no futuro, colocarei outro celular entre nós. Tente criar momentos especiais comigo, em que o celular fique longe, quietinho, desligado, nem que seja bem rapidinho.

14

NÃO LEVE PARA O LADO PESSOAL

De vez em quando eu vou falar algumas coisas que podem deixar você muito irritado. Muito mesmo, a ponto de perder o controle e fazer algo comigo de que no instante seguinte você se arrependerá. Talvez já tenha feito isso, inclusive. Mas saiba que a maior parte do que eu falo e faço não é sobre você, é sobre mim. É sobre eu passar por emoções muito grandes, com que eu ainda não tenho capacidade de lidar. É sobre eu não saber expressar direito o que eu sinto. Mesmo quando eu digo "eu odeio você", ou "você não é mais meu pai (ou mãe)", é só porque eu sinto tanta frustração, medo e raiva, que a única coisa que consigo dizer são essas coisas que machucam. Eu preciso de ajuda, e não me sentir mais mal ainda quando já estou me sentindo mal.

NÃO SE ESQUEÇA DE BRINCAR

Os adultos pensam que brincar é coisa de criança, mas eu acho que brincar é algo para todo mundo que está vivo. Não deixe a vida adulta endurecer você, não se esqueça de como é importante e divertido brincar. Brinque comigo. Brinque de qualquer coisa: com caixas velhas de papelão, de desenhar, ou com jogos de tabuleiro, mas lembre-se de que brincar é de todo mundo. Podemos encontrar uma forma divertida de brincar juntos e criar momentos que eu vou lembrar para o resto da vida com muito carinho.

BRINCAR.
BRINCAR.
BRINCAR.

16

AS AUSÊNCIAS NA SUA HISTÓRIA NÃO DEFINEM VOCÊ

Às vezes eu vejo você pra baixo, um pouco perdido. Eu sei que a sua história pode ter sido muito triste, com tantas ausências de afeto e carinho dos seus pais, que você pensa que nunca conseguirá me criar da forma que gostaria. Mas, sabe? Não são as suas ausências que definem que pai ou mãe você será, e sim o que você constrói a partir dessas ausências. Não vai ser fácil, não mesmo, mas você consegue. Sabe por que eu sei? Porque você está lendo estas cartas, e isso já diz muito sobre o que você quer ser e fazer.

EU APRENDO MELHOR COM AFETO

Muitos adultos acham que eu aprendo melhor com medo, humilhação e dor, mas isso não é verdade. Acredite em mim: eu aprendo muito melhor com afeto, carinho e gentileza. Eu não sou mau, só preciso de ajuda para aprender sobre o mundo e as pessoas. A lidar com as minhas próprias emoções. Às vezes, lidar comigo vai trazer as suas dores à tona, principalmente se você não foi ensinado com tanto afeto assim quando era criança; mas você pode se curar no abraço, porque quando você me abraça, eu abraço você de volta. Você pode construir uma nova história.

18

VOCÊ SÓ DÁ AQUILO QUE TEM

Eu sei, você me ama muito. Você tem falado muito isso ultimamente, e me sinto feliz. Mas às vezes você também faz tudo por mim, faz as maiores concessões, os maiores sacrifícios, e por mais que pareça ser algo que vá me fazer bem, não é sempre verdade. Eu também preciso que você olhe pra você, que se cuide e recarregue seu potinho de afeto, porque se você estiver esvaziado, mesmo que tente, você não terá nada para dar pra mim. Mostre-me como cuidamos dos outros quando também cuidamos de nós mesmos.

EU QUERO SER LIVRE

Eu sou criança e quero ser livre. Não me coloque em caixinhas ou rótulos. Não quero ser "o inteligente", e muito menos "a preguiçosa". Quero ser só a criança que sou. Se você me coloca um rótulo, eu fico preso a ele e não conseguirei explorar todo o meu potencial. Deixe-me brincar livremente também, sem essa prisão de brinquedos de meninos e de meninas, porque é brincando que eu aprendo sobre o mundo. Só quero ser livre.

20
EU PRECISO SABER

Você tem algumas certezas, e uma delas é que eu sei que você me ama. Talvez você me diga que me ama uma ou duas vezes por dia. Mas nem sempre é isso que eu vou perceber pela forma que você me trata. Se você briga muito, grita frequentemente e me coloca pra baixo, eu não vou me sentir amado, por mais que você fale "eu te amo" no restante do dia. A linguagem do amor também está nos gestos, em como você fala comigo e como me abraça. Não se esqueça disso. Mas também pode falar um milhão de vezes por dia que me ama, tá? Eu posso até reclamar que você já falou isso mil vezes, mas no fundo, no fundo, eu gosto.

AMAR.
AMAR.
AMAR.

OBSERVAR.
SENTIR.
ABRAÇAR.
BRINCAR.
AMAR.